MAMBRÚ
PERDIÓ LA GUERRA

A LA
ORILLA
DEL VIENTO

MAMBRÚ
PERDIÓ LA GUERRA

IRENE VASCO

ilustrado por
DANIEL RABANAL

FONDO
DE CULTURA
ECONÓMICA

Primera edición,   2012
   Primera reimpresión, 2013

Vasco, Irene
      Mambrú perdió la guerra / Irene Vasco ; ilus. de
Daniel Hugo Rabanal. — México : FCE, 2012
      85 p. : ilus. ; 19 × 15 cm — (Colec. A la Orilla del
Viento)
      ISBN 978-607-16-1017-1

      1. Literatura infantil I. Rabanal, Daniel Hugo, il.
II. Ser. III. t.

LC PZ7   Dewey 808.068 V136m

Distribución mundial

© 2012, Irene Vasco, texto
© 2012, Daniel Hugo Rabanal, ilustraciones

D. R. © 2012, Fondo de Cultura Económica
Carretera Picacho Ajusco, 227; Bosques
del Pedregal, C. P. 14738, México, D. F.
www.fondodeculturaeconomica.com
Empresa certificada ISO 9001:2008

Colección dirigida por Eliana Pasarán
Edición: Mariana Mendía
Diseño: Miguel Venegas Geffroy
Diseño de la colección: León Muñoz Santini

Comentarios: librosparaninos@fondodeculturaeconomica.com
Tel.: (55)5449-1871. Fax: (55)5449-1873

ISBN 978-607-16-1017-1

Impreso en México • *Printed in Mexico*

Para Sylvia, madre, abuela,
bisabuela contadora,
por la música de las palabras
que nos regaló

I

Me desespera esa manía que tiene la abuela: a toda hora me quiere mostrar su álbum de fotografías. Está tan viejo que algunas imágenes se ven borrosas y a veces ni ella sabe quiénes son las personas que se ven allí. Creo que se inventa la mitad de lo que me cuenta.

—Mira, Emiliano, ésta es tu tía abuela cuando tenía dos años. ¿Ves la casita blanca, al fondo? Ahí nací yo; ni te cuento en qué año para que no te burles de mí.

Alcanzo a ver la tal casa como una mancha chiquita detrás de una persona sin rostro, con sombrero y falda larga, al estilo de las campesinas que salen en el libro de Sociales. No entiendo cómo una figura que parece sacada de un texto del colegio tiene que ver conmigo. Es raro que sea parte de mi familia.

—Emiliano, pon atención. Después no vas a saber quién es quién y algún día será tu turno de contar lo que le ha pasado a esta familia.

La abuela habla del pasado. Yo quiero saber del presente... y del futuro. Tengo mil y una preguntas dándome vueltas en la cabeza sin encontrar respuestas.

Lo que más me gustaría saber es por qué unos amigos de mis papás me recogieron la otra tarde en el colegio, cuando yo estaba en medio de un examen. Me metieron en un carro desconocido, me entregaron una maleta llena de ropa, dijeron que mis padres estaban de viaje y que de aquí en adelante viviría fuera de la ciudad hasta nuevo aviso.

Fue muy extraño para mí. Me sentí desnudo y desprotegido, pero no tuve más remedio que irme con ellos. Eran implacables a la hora de darme órdenes. Si no hubiera sido porque los conocía, porque los había visto con frecuencia en las reuniones de la casa y porque llevaban una autorización firmada por mis papás, habría creído que me estaban secuestrando.

Lo que más me enojó fue que no quisieron pasar por la casa para recoger mis cosas, en especial el celular y el computador. Les rogué, hasta lloré de rabia, pero fueron implacables, casi como enemigos. Mi abuela no paraba de agradecerles que me hubieran dejado en la finca, pero me pareció imperdonable que me hubieran tratado así, sin darme ninguna explicación. Tanto misterio, palabras enigmáticas y disimulo me dejaron un mal sabor. Yo preguntaba, ellos se miraban, pero no me contestaban.

—Mejor no hable de su papá ni de su mamá cuando esté en el pueblo. Viva tranquilo en esta finca mientras lo recogen, no se meta en problemas, aproveche y aprenda cosas nuevas.

Algo así me dijeron los amigos de mis papás que me sacaron del colegio, de la ciudad y de la normalidad. Por aquí no han vuelto a aparecer y la abuela cambia el tema cuando le pregunto qué está pasando.

—Esta otra foto me la tomaron cuando cumplí siete años. Sí, Emiliano, no creas que porque ahora soy mayor, alguna vez no fui niña. Hasta más infantil que los niños de ahora, que no juegan, no corren, no saltan, no se suben a los árboles ni saben nadar en los ríos. Sólo miran televisión y se meten en sus juegos electrónicos para no hablar con nadie. ¡Con lo sabroso que es conversar! ¿No te parece?

¡Ya empieza la abuela con su cantaleta de los juegos y la tele! Me gusta visitarla porque siempre tiene historias que me divierten, pero detesto que me eche en cara las horas que paso frente a las pantallas. Cada vez que le pido que me deje ver mi programa favorito o algún video, me invita a montar en bicicleta o algo por el estilo. Quiere que hagamos carreras, que cocinemos, que leamos y, últimamente, que miremos el álbum de fotografías viejas.

Debo confesar que lo de las carreras en bici me humilla un poco. Por alguna razón incomprensible, ella siempre me gana.

Tiene una bicicleta anticuada, pesada, pero la maneja como si fuera un Fórmula 1. Al día siguiente de mi llegada, me regaló una bici de carreras. Se supone que debería montar mejor que ella, pero me dan miedo las subidas y bajadas, y freno ante todos los obstáculos. En cambio, la abuela acelera, dejándome atrás como si yo fuera un niño de triciclo. Las abuelas deberían portarse como abuelas; mejor dicho, como las viejas de los cuentos, no como jovencitas que ruedan por el mundo rebasando a sus nietos.

Aunque la verdad aún no he conocido a ninguna abuela que se parezca a las de los libros. Ni la mía ni las de mis amigos se pasan la vida sentaditas en mecedoras, bordando y tejiendo. Tampoco usan bastón. Las abuelas que conozco manejan, trabajan, leen, usan el internet. A veces hasta nos dejan en ridículo en las carreras de bicicleta. Me pregunto quién hará las ilustraciones de los libros con abuelas…

Sigo haciendo preguntas que quedan sin respuestas.

¿A qué hora será el tal nuevo aviso que dijeron las personas que me trajeron aquí? ¿Cuándo vendrán mis papás? ¿Se fueron de viaje sin despedirse de mí? Así no son ellos. Soy hijo único, de lo más consentido según mis amigos. Estoy seguro de que jamás me abandonarían, por lo que les he oído decir muchas veces.

—Estás en la edad de la caca del gato, o sea, entre la niñez y la juventud. No eres ni lo uno ni lo otro. ¡Qué tiempo más peligroso!

¡Ay, Emiliano, aunque te quejes, no te vamos a quitar los ojos de encima! Estás caminando sobre el borde de un precipicio. O te vas para un lado o te vas para el otro, y nosotros te vamos a mantener del lado correcto a pesar de tus pataletas.

¡Cuántas veces he jurado que no voy a aguantar tanto cuidado, tanta vigilancia! A mis amigos los dejan salir solos, ir a fiestas hasta medianoche, tomar decisiones. Y yo aquí, rogando, suplicando permisos, siempre bajo la lupa de los dos. Si estuvieran separados, mi vida tal vez sería más fácil; pero no, mis papás nunca se van a separar. Están hechos el uno para el otro. Trabajan en una fundación que defiende los derechos de los campesinos desplazados, viajan juntos, comparten intereses, amigos, grupos, información. Hasta dicen que mi cuidado es un "proyecto conjunto", soltando carcajadas que a mí no me hacen ninguna gracia.

Tengo trece años, saco buenas notas en el colegio, me quedo solo en casa cuando ellos tienen que salir a sus reuniones, nunca contesto con groserías. Hasta me gustan temas que a ninguno de mis compañeros le interesan. ¿Por qué entonces me consideran un niño al que hay que ocultarle todo?

Por ejemplo, me hubiera gustado que me explicaran por qué unos hombres mal encarados estaban vigilando la casa hace unas semanas. Al principio, cuando los detecté rondando frente a nosotros, pensé que eran atracadores; pero, cuando días después los vi de nuevo en la esquina, ahí sí pregunté. La respuesta fue que no me preocupara, que el problema no era conmigo y que no pasaba nada. Mamá insistía en que ellos estarían alerta y que me cuidarían.

—Emiliano —me explicó papá una vez—, el gobierno está a punto de firmar un decreto para devolver las tierras que gente sin escrúpulos les robó a los campesinos. Nosotros, los de la fundación, llevamos años en esta lucha, apoyando a las víctimas. Conseguimos ayuda en el extranjero para pagar abogados, mandamos artículos a la prensa de todo el mundo, denunciamos a los cuatro vientos cada vez que hay masacres. Por eso en la oficina recibimos amenazas de cuando en cuando, pero no nos vamos a dejar callar. Aquí en casa nada nos pasará, y menos a ti, no te angusties.

En ese momento las explicaciones me tranquilizaron, pero mi confianza en las palabras de papá comenzó a disminuir el día en que desapareció uno de sus mejores amigos, un líder que trabajaba en la fundación. Esa vez vi a mis papás muy tristes y preocupados. Durante esa semana recibimos llamadas anónimas y una tarde encontramos la casa hecha un desastre. Habían forzado la cerradura y desordenado todo. Sabíamos que no era un asalto, pues no faltaba nada. Alguien quería asustarnos. ¿Sería en ese momento cuando tomaron la decisión de salir de la ciudad por algún tiempo? Ni siquiera de ese viaje estoy convencido. Tal vez estén escondidos en la casa de algún amigo o compañero de trabajo. No sé nada. Lo único claro es que aquí estoy, en la finca, con la abuela, haciendo preguntas que nadie responde.

¿Por qué no me llevaron con ellos? ¿Por qué me escondieron en este lugar? Quiero saber más, quiero que me cuenten. Ya tengo edad para entender… y para callarme también, si es que hay que guardar secretos.

Mi abuela, la única con la que puedo hablar sobre mis papás, me pide que no los mencione frente a extraños. Sólo repite que están bien, que pronto sabré de ellos, y que no se sabe cuándo volverán.

¡Si por lo menos pudiera rastrearlos por internet o mandarles mensajes de texto! En esta finca no hay computador y la abuela no me permite usar su celular. ¡Me desespera! Yo soy fanático de las noticias; por las noches, cuando estoy en casa, entre tarea y tarea, me gusta leer periódicos, revistas y blogs. No en vano mis papás me hablan de acontecimientos y política a toda hora. Tenía que terminar contagiado.

Le ruego a la abuela, le insisto tanto que necesito conectarme, que al fin me da permiso de ir al pueblo con ella. Vamos por las tardes. Yo llego derecho a la biblioteca y ahí me instalo frente a un computador. Menos mal que hay buena señal y puedo navegar por cuanta página se me ocurre.

Busco información sobre mis papás y la fundación donde trabajan. De cuando en cuando encuentro en la red nombres y fotos de amigos de la casa. Con frecuencia tienen que ver con publicaciones sobre atentados. Eso me preocupa y no puedo dejar de pensar en que algo malo puede ocurrir.

Por lo menos me dejaron aquí, con la abuela, que siempre me ha querido y a quien yo también quiero. Sin embargo, a pesar de quererla tanto y de divertirme en las vacaciones en su finca, hubiera preferido seguir en la ciudad, con todo a la mano, cerca de papá y mamá, incluso con exámenes en el colegio.

II

Acaricio las orejas de Mambrú, el perro de la abuela. Nunca creí
que me fuera a encariñar con semejante esperpento, pues me gustan mucho los perros de raza. Hasta he pensado en ser veterinario,
¡pero sólo de perros!, porque detesto a los gatos. Leo, estudio, veo
programas, dibujo, comparo características… Definitivamente los
perros me fascinan. Me he pasado la vida rogando que me dejen
tener uno, pero no hay quien convenza a mamá.

—El día en que un perro entre a esta casa por una puerta, yo
saldré por la otra, Emiliano. ¿Quién se hará cargo de limpiarlo, de
la comida, de las vacunas, de quitarle las pulgas, de la educación
y de las sacadas a pasear dos o tres veces al día, llueve, truene o
relampaguee? Yo, por supuesto, porque después de unas semanas
se te pasará el capricho y olvidarás las promesas y compromisos
que hoy haces. Encima de todo tu papá es alérgico y terminará

roncando, tosiendo y estornudando apenas un perro ponga una pata en esta casa. ¡Ni hablar de animales!

Sí, desde chiquito me han encantado los perros, tal vez porque no he tenido ninguno. Cuando hablo de perros, hablo de perros finos, ojalá con papeles y premios. Los perros comunes no me gustan. Jamás me habría encariñado con un perro *sietepelos*, como dice la abuela, pero Mambrú decidió que mi cama era su cama y, a pesar de mis regaños y reclamos, terminó por acomodarse todas las noches a mis pies, como si yo fuera un calentador.

Mambrú me sigue a todas partes. Cuando salgo a la huerta, me encierro en mi cuarto o paso la tarde platicando con la abuela en la cocina, Mambrú está conmigo. Si voy al pueblo y me instalo en la biblioteca, él se sienta en la puerta porque ahí no lo dejan entrar. No entiendo cómo un perro puede ser tan paciente. Si fuera yo, al rato me aburriría y me iría por ahí en busca de algo más divertido que esperar a alguien. Así es Mambrú, siempre pendiente de esperarme y de acompañarme.

La abuela dice que esa conexión es porque Mambrú y yo tenemos aproximadamente la misma edad, que cada año de un humano equivale a siete años de un perro. Pues bien, Mambrú va a cumplir dos años y yo tengo trece. Tenemos los mismos gustos, según la abuela; nos encantan las galletas, el pan, el agua fresca, las tardes de sol y las noches de lluvia. Detestamos las verduras, la gente extraña y el encierro. Tampoco nos gusta el chocolate caliente ni la música a todo volumen.

Si no me puedo dormir, acaricio con el pie el lomo de Mambrú y me imagino que los dos somos unos extraterrestres perdidos en este raro universo donde ninguno de los dos combina.

Como todo en la vida, Mambrú también tiene un defecto: ladra sin parar, de manera ensordecedora, al menor sonido extraño. Si algo o alguien se acerca a la casa, nos enteramos de inmediato porque Mambrú se encarga de avisarnos con sus ladridos. En general gruñe por ruidos inofensivos a mitad de la noche, pero no entiende cuando le pedimos que guarde silencio. Si algo lo altera —y muchas cosas lo alteran— nos enloquece con sus alborotos perrunos.

Con o sin defecto, quiero mucho a mi perro. Es mi compañero y le perdono todo. Nunca me deja solo. Por las tardes, después de dar de comer a las gallinas, recoger los huevos, regar la huerta, limpiar la casa y almorzar, Mambrú, la abuela y yo salimos para el pueblo y nos instalamos en la biblioteca por horas.

¡Quién iba a creer que una biblioteca sea ahora mi lugar favorito! Pues sí, así es. Aquí puedo conectarme con el resto del mundo. Cuando tengo que ceder el turno del computador a otros usuarios, la bibliotecaria me pide que le ayude a escanear documentos antiguos, casi desbaratados. Son los archivos históricos del pueblo, y ella está empeñada en que la biblioteca es la única que va a salvar la memoria casi perdida de la gente de por aquí. Las tardes se me van rápido y en ocasiones hasta olvido que me trajeron aquí por una razón que desconozco.

Mientras me dedico a lo mío, la abuela se acomoda en una sala del segundo piso donde se reúnen campesinos de las distintas veredas. Hablan de sus recuerdos, de sus costumbres; a veces los oigo cantar y tocar la guitarra. De cuando en cuando me asomo, pero entre tanta gente mayor me siento como un intruso. Si me da hambre y la abuela no ha salido, me voy con Mambrú a la tienda a comer empanadas. A los dos nos encantan. Él y yo estamos hechos el uno para el otro, como mis papás.

Cuando me recojan, le rogaré a la abuela que me deje llevar a Mambrú a mi casa. Mamá va a tener que aceptarlo como premio por haber desaparecido sin explicación. Mambrú y yo nunca nos vamos a separar. ¡Nunca!

III

Ya comienza mi abuela otra vez con su cantaleta sobre las fotos de la familia. Parece obsesionada con eso de "conservar la memoria", como ella dice. Yo le sigo la corriente para no molestarla.

—A ver, Emiliano, a ver si ya te sabes los nombres de todos. ¿Éste quién es? ¿Dónde nació? ¿Dónde está enterrado? No olvides que tu tatarabuelo fue el fundador de este pueblo y que por eso la biblioteca lleva su nombre. Ya nadie lo recuerda ni yo lo conocí, pero de él salimos todos: tú, tu papá, yo. Tu tatarabuelo era de los pocos que sabían leer y escribir por estos lados y eso le sirvió para que no lo timaran a la hora de firmar las escrituras de la hacienda. Cuando decidió quedarse, repartió las tierras en parcelas para cada miembro de la familia, las midió rigurosamente y verificó que cada finca contara con sus fuentes de agua para riego y bebederos para los rebaños. Tu tatarabuelo tenía un sentido de la justicia como pocos.

Mi abuela me habla y yo trato de seguirle la historia, pero no siempre lo logro. Ese señor que aparece en la foto, de barba larga, muy blanca, ceño fruncido, cara de bravo, no me despierta mucha simpatía. Lo imagino midiendo, haciendo planos con lápices de punta gruesa, borrones, números diminutos, como los que he visto en los documentos antiguos. Me cuesta trabajo creer que la gente que antes vivía en el pueblo tuviera la misma raíz. Es como si tuviera primos por todas partes sin saber siquiera sus nombres. Lástima que ya casi todos se hayan ido. Según la abuela, tuvieron que vender sus tierras a la fuerza, muchas veces bajo amenazas, por poco dinero, a extraños que un día comenzaron a adueñarse de todo para remplazar sus cultivos. Algunos incluso perdieron a sus familiares por no obedecer a tiempo.

—Tus papás se conocieron aquí. Tu mamá es hija de una prima segunda mía; ella vivía en la casita de allá, la de la loma. Sus padres tenían rebaños de cabras y hacían queso y panelitas que vendían de finca en finca, y surtían las tiendas de toda la región. Eran una delicia. Lástima que ya no quede ni una cabra por estos lados. Ésa era leche saludable. Los tiempos de la violencia, de la que ya te contaré, alejaron a muchas familias de las veredas. Si quieres, un día de éstos subimos para que veas dónde se crio tu mamá. La casa está abandonada, pero a lo mejor encuentras alguna foto, algún recuerdo.

Las palabras de la abuela me dan vueltas en la cabeza. ¡Papá y mamá se conocían desde niños! ¿Por qué nunca me contaron nada? Siempre están hablando con los demás, explicándoles la Constitución, poniéndolos al día sobre sus derechos, ayudando a los campesinos a redactar cartas y más cartas al gobierno. ¿Y yo? Yo veía, oía, me interesaba, pero no sentía que esos problemas tuvieran que ver conmigo ni con mi familia.

Antes de venirme para la finca, fui muchas veces a refugios llenos de desplazados que perdieron todo: familiares, fincas, casas, animales, muebles... Para salvar sus vidas tuvieron que huir a la ciudad. Ahora viven hacinados en cuartuchos, escuelas o centros comunitarios. Los de la fundación les llevan comida, ropa y medicinas, e intentan ayudarles a regresar a sus tierras. Papá y mamá me pedían a veces que los acompañara.

—Emiliano, tienes que conocer la realidad de tu país. No todo son videojuegos ni series de televisión. El futbol es bueno pero ya es hora de que ayudes a mejorar la situación de tus vecinos que han tenido menos oportunidades que tú.

Después de las visitas a los refugiados, siempre me sentía mal durante días. Tanto dolor de los otros me producía dolor a mí también.

"¿Por qué ellos y yo no? —me preguntaba en secreto—. ¿Cómo sería y qué sentiría si estuviera en su lugar?"

Ahora me siento como ellos, hasta he llorado a escondidas cuando salgo a correr con Mambrú por los campos, pero eso es algo que nunca confesaré delante de nadie. No puedo comparar mi tristeza, en una bella finca donde nada me falta y con una abuela que me quiere, con el dolor de las familias que he visto encerradas en pequeñas habitaciones, sin ventilación ni luz, sin comida, sin ropa limpia, sin biblioteca, sin esperanzas, sin nada de nada. Sólo miedo, humillación y amargura por las personas, las tierras y las vidas que perdieron.

No puedo quejarme. No debo quejarme, y sin embargo sufro. ¿Cuándo vendrán por mí?

IV

Mi memoria no es tan buena como le gustaría a la abuela. Ella
nombra, da fechas, lugares. Yo intento guardar todo en la cabeza.
Si tuviera aquí mi computador, podría registrar mejor lo que me
dice.

El álbum es muy importante para ella, pero está tan desbarata-
do que un día ya no será posible pasar las páginas. Muchas fotos
en blanco y negro han ido perdiendo su brillo y las personas apenas se distinguen. Se me ocurre que estas imágenes forman parte
de la memoria que hay que rescatar y preservar, así que decido
convertirlas en álbum digital. Será un trabajo para no aburrirme y
de paso sorprenderé a la abuela con un regalo bonito.

En la biblioteca paso horas y horas escaneando y escribiendo los
nombres de cada persona. Como quiero tener una copia cuando
regrese a la ciudad —y con seguridad la abuela no se desprenderá

de su álbum—, abro un blog para almacenar la información. De esta manera podré repasar el álbum, esté donde esté. Mi abuela se va a morir de la alegría cuando le muestre el resultado de mi trabajo.

Mientras me dedico al álbum, ella sigue en sus eternas reuniones con los campesinos, a quienes ya voy conociendo por sus nombres. Ellos son muy amables conmigo; siento que me ven como un cachorro. Me traen regalos de sus fincas, que si arepas, que si frutas, que si tamales que me fascinan, y que comparto con Mambrú. No sé si me quieren a mí, que me mantengo callado y aparte, o si quieren demostrarle su cariño a la abuela. Supongo que es por esto último.

La abuela me regaña a veces por antipático. Dice que no saludo, que hago mala cara, que no debería despreciar a la gente. Yo no desprecio a nadie. Es que así soy yo, de toda la vida. Siempre me ha costado trabajo hacer amigos.

Aquí, si de amigos se trata, tengo a Mambrú y con él me basta. A Mambrú no le importa si estoy despeinado, si no me lavé los dientes o si tengo la ropa arrugada. Sólo le importa estar cerca de mí, acompañarme al pueblo, pasear por las lomas vecinas mientras mi abuela prepara la comida. Vamos juntos a chapotear en la quebrada, compartimos los dulces y duerme a mis pies.

A Mambrú le gusta tanto que le acaricie debajo de las orejas con la punta de mi pie, que ya me acostumbré a dormir con la pierna descobijada. No sé qué haría sin él. Me volvería loco con toda seguridad.

Ayer me llevé un susto de los mil demonios. En la mesa de la biblioteca había un periódico abierto y, en medio de la página, se veía una foto grande, a todo color, de otro de los amigos de mis papás. La curiosidad me obligó a leer, pero hubiera preferido no hacerlo.

LÍDER COMUNITARIO ASESINADO

El dirigente Raúl Medina, quien acompañaba a los campesinos de Loma Alta en los procesos de recuperación de sus tierras, fue encontrado muerto de tres balazos bajo el puente de la avenida El Corral.

No pude leer más; tomé el periódico y me metí en la reunión de la abuela sin siquiera tocar la puerta. La abuela me lanzó una mirada de regaño, pero enseguida, al verme tan angustiado, pidió permiso y salió del salón.

Leyó conmigo la noticia completa y me pidió que buscara en internet otras publicaciones. Pasamos una hora entera navegando sin que se ampliara la noticia en ninguna parte.

Sólo en el blog de la fundación se mencionaba el nombre del líder comunitario. En el artículo se hacía una denuncia de los grupos económicos nacionales e internacionales que quieren arrasar los cultivos clásicos de los campesinos y sustituirlos por enormes plantaciones de palma africana. Leí que grandes empresarios persiguen y sacan a los pequeños propietarios de las parcelas a punta de amenazas y de masacres, y que dirigentes comunitarios como Raúl Medina están empeñados en remediar la situación y en apoyar a los campesinos.

Después de nuestra búsqueda en internet, por primera vez vi a mi abuela usando su celular. Marcó un número y salió de la biblioteca para hablar en voz tan baja que no pude enterarme de nada. Cuando regresó se despidió rápidamente de los que aún estaban reunidos, hizo algunas compras en la tienda y me dijo que regresaríamos más temprano a la finca, pues se estaba sintiendo mal.

Yo no le creí. La manera como pedaleaba en la bicicleta, brincando sobre los obstáculos sin frenar, me demostró que estaba en perfecto estado. Más débil me sentía yo, que no había tenido tiempo de merendar en el pueblo por estar navegando en busca de noticias.

Por la noche quise hablar sobre el tema, pero la abuela dijo que la dejara descansar. Entonces llamé a Mambrú para ir a dar un paseo.

—Éstos no son buenos tiempos para salir de noche. Inventa algo para hacer aquí dentro —me pidió la abuela.

—Pero, abuela, Mambrú necesita caminar. Y yo también quiero hacer un poco de ejercicio.

—Ya te dije que no, Emiliano. Y por favor deja de andar hablando en el pueblo sobre tus padres, sus amigos y la fundación. Hoy alborotaste a todo el mundo por la noticia del periódico y no es seguro hablar de esas cosas así porque sí.

—Ay, abuela, pero si fue en la biblioteca. Allá todos son amigos. La bibliotecaria es la que más me consiente… Y tus compañeros de cantos y cuentos no se ven nada peligrosos.

—Te he dicho y te he repetido que no puedes hablar con nadie sobre la familia. Uno nunca sabe quién está oyendo y tomando nota. La bibliotecaria es muy buena gente, pero su novio es escolta del alcalde. A ése no le tengo ninguna confianza. Fue elegido por gente que puso mucha plata en su campaña, plata sacada de quién sabe dónde. No te dejes engañar por las apariencias.

Me dio tanta rabia que me hablara así, que por primera vez en todo el tiempo que llevaba viviendo con ella, le contesté mal.

—Pues fíjate, abuela, que no aguanto más este encierro, estas prevenciones. Si me van a matar, ¡pues que me maten! Y eso de que éstos no son tiempos para salir de noche no te lo creo por nada. ¡Qué tiempos ni qué tiempos! Tu tiempo ya pasó; ahora es el mío y no lo voy a desperdiciar encerrado en esta casa vieja. Tengo que vivir, y si no te parece bien, pues lo siento. Busca a mis papás y diles que vengan por mí lo más pronto posible. No quiero quedarme atrapado contigo para siempre.

Una vez que solté mi discurso completo, me arrepentí. Dentro de mí, sabía que era injusto tratar así a la abuela. Ella no había elegido vivir conmigo y sólo intentaba protegerme de algo que yo no entendía; pero ya lo dicho, dicho estaba, y no podía dar marcha atrás. Me encerré en la habitación con Mambrú y no salí ni siquiera a la hora de la cena.

Confieso que mi rabieta me amargó la noche. Me moría de hambre, pero la abuela no me llamó a comer. Quería hablar con ella sobre la noticia del periódico, pero no fui capaz de sacarme la arrogancia de encima para pedirle disculpas por mi mal comportamiento. Tenía muchas ganas de ver televisión, pero sólo hay un aparato en la sala y no me iba a humillar. Hasta tuve ganas de mirar el álbum de fotos, pero estaba en la cocina y no saldría a buscarlo de ninguna manera. Lo peor fue que me tuve que acostar sin ir al baño y sin lavarme los dientes. El único baño está en el corredor. Por fortuna no tuve ganas incontrolables de ir y pude aguantar hasta la mañana.

Me dormí pensando en que, como de costumbre, la abuela se levantaría más temprano que yo para colar café para los dos. Le pediría disculpas y ¡todo arreglado!

Sin embargo, hoy no hay café. Tampoco hay abuela que me prepare arepas ni me dé los buenos días. ¿Dónde estará? No creo que lo que pasó anoche sea para tanto. Me gustaría pedirle perdón y acabar ya con este asunto.

Con desgana, intento prepararme yo mismo una taza de café y lo único que logro es un poco de agua tibia con un leve color marrón. Mi desayuno es horrendo, pero mi orgullo no me deja admitirlo.

Espero con impaciencia a la abuela que no llega. Hace tiempo que debió regresar, pero pasan las horas y nada, no aparece.

"Mmmm —me digo—, la abuela está ofendida y hasta razón tiene. Terminará por perdonarme porque soy su nieto y eso hacen las abuelas… Mmmm —me digo de nuevo—, la abuela está más brava de lo que creí. Nunca me había dejado solo toda la mañana. Iré con Mambrú hasta la huerta y la ayudaré para que se le pase el disgusto, pero tampoco está en la huerta."

Ya no sé qué más decirme. Salgo por los campos, busco, grito, pregunto a los vecinos. Uno me dice que la vio pasar en su bicicleta muy de mañana.

Esto ya no me está gustando. Mejor me voy para el pueblo a ver si la encuentro. Se hace tarde y no quiero pasar el día entero aquí solo. Si es necesario que le pida un millón de disculpas, lo haré. Si le tengo que suplicar que me perdone, lo haré.

No quiero quedarme sin mi única familia por nada del mundo. Me siento abandonado a pesar de que Mambrú me acompaña. ¿Dónde estás, abuela? No te vayas tú también. No me dejes solo otra vez. Perdóname, abuela.

V

Son las dos de la tarde. No soporto el hambre ni la incertidumbre. Llego al pueblo con Mambrú y entro como un ciclón a la biblioteca. Sin tocar, sin saludar, me meto en la reunión del día.

—¿Dónde está mi abuela? —pregunto, pues no la veo.

Los asistentes me miran con asombro.

—La estamos esperando. Ya íbamos a mandar a alguien hasta la finca para ver si está enferma.

En ese momento entra la bibliotecaria. La saludo con la confianza de siempre, pero cuando estoy a punto de preguntarle por mi abuela, recuerdo las palabras de anoche y decido quedarme callado. No puedo creer que alguien tan amable pueda ser un peligro para mí.

Salgo de la biblioteca y voy a la cafetería de la esquina a comer algo. No he desayunado y me muero de hambre. La abuela le tiene dicho al tendero que me dé lo que se me antoje, que ella después se arregla con él. Mejor dicho, por todo el pueblo me fían y no tengo problemas para comprar en ninguna parte.

Después de comerme dos arepas, dos huevos y una taza de café, pienso que es hora de regresar a casa y llamo a Mambrú; comparto con él los últimos trozos de arepa y salimos del pueblo.

No me atrevo a dirigirme a nadie más. Me siento extraño, como si todos me miraran y me persiguieran. No logro entender qué pasó con la abuela. Ya sé que fui muy grosero con ella, pero no creo que sea para tanto.

En fin, pienso que ya la encontraré preparando mi almuerzo, sonriente como siempre, queriéndome más que a nadie en el mundo.

Camino despacio, saludo con la mano al pasar frente a cada finca y poco a poco voy sintiéndome de nuevo en mi lugar. Mambrú corre, persigue sombras, ladra como si el mundo se fuera a acabar. ¿De dónde habrá sacado Mambrú tanta voz? Su cuerpo no es tan grande, pero sus ladridos asustan hasta a los pájaros de los árboles más altos. Pienso que uno de estos días lo entrenaré para que se quede callado. Aunque es mi más querido amigo, a veces me desespera su manía de ladrar por todo y por nada.

Llegamos, entramos, llamamos a la puerta del cuarto de la abuela. Nadie responde.

—¡Abuela, por favor!, no sigas tan brava conmigo. Perdóname; fui un grosero. Te juro que no lo vuelvo a hacer.

—¡GUAUAUAUAUA! —el único que responde, o que me ayuda a llamar, es Mambrú.

—Shhhh, deja que la abuela me conteste; cállate ya, Mambrú. Mambrú no deja de ladrar y ahora me empuja.

—¡Ya, Mambrú! No aprendas de mis malas costumbres. Deja de empujar y ¡deja de ladrar ya!

Mambrú se empeña en empujarme; quiere decirme algo. Entonces, me dejo conducir hacia mi cuarto… Con el hocico parece mostrarme un sobre tirado en el piso, en un rincón debajo de mi escritorio. ¡No puede ser! ¡Cómo no lo vi en la mañana! Seguramente una corriente de aire lo escondió de mi vista…

Recojo el sobre mientras trato de calmar a Mambrú. Con un rótulo grande, escrito con letra firme, leo EMILIANO. Por supuesto, lo abro de inmediato.

Por la manera como está cerrado el sobre, con pegamento, cinta y grapas, se me ocurre que la abuela me dejó dinero. Sin embargo, encuentro tan sólo una nota escrita a mano con letra grande:

Emiliano:

Tuve que salir de emergencia. No quiero alarmarte, pero tienes que protegerte mientras regreso, que será muy pronto. Personas muy peligrosas andan en busca de tus padres y creen que a través de mí y de ti podrán encontrarlos. Estuvieron haciendo indagaciones ayer por la noche en la finca vecina; se hicieron pasar por policías. A nuestro vecino le parecieron muy sospechosas sus preguntas y les dijo que tú habías regresado hace mucho a la ciudad y que yo casi nunca estoy en casa. Le pidieron discreción, pero él vino a avisarme mientras tú dormías. No creo que te persigan, pero podría suceder si se enteran de que sí estás aquí. Apenas termines de leer esta nota, quémala y vete de inmediato para la casa de las cabras. ¿La recuerdas? Allí, debajo de la alfombra, encontrarás un tesoro que te dejé de regalo. No hables con nadie. Espérame ahí pase lo que pase, en el mayor silencio posible. Por favor no te quedes en la finca. Pronto me reuniré contigo.

Tu abuela que te quiere más que a nadie en el mundo…

¡No entiendo a la abuela! ¡Me abandona, me habla de gente peligrosa, me prohíbe mencionar a mis papás y me da unas órdenes absolutamente incomprensibles! ¿Se habrá vuelto loca? ¿La casa de las cabras? Aquí no hay cabras. ¿Qué tiene que ver el peligro con un tesoro escondido? Por un lado parece un juego; por el otro, una amenaza. No entiendo, no entiendo.

La tarde cae y no sé qué hacer. Mambrú me mira con cara de hambre. Mientras pongo las ideas en orden, busco por todos lados

en la cocina algo de comida para los dos, le acaricio las orejas a mi perro, mi amigo, mi guardián y mi única compañía. Como si estuviera jugando con un papel cualquiera, quemo la carta.

Salgo y camino con Mambrú. No sé ni para dónde vamos. Algunos vecinos me saludan y yo apenas hago gestos medio amables, medio distantes, para que nadie me haga la charla. Ahora todos me parecen enemigos. Ya no sé en quién confiar. Veo que casi es la hora de que cierren la biblioteca y con un último impulso corro y llego a tiempo para que me presten el computador por algunos minutos. Navego en busca de noticias frescas. Quedo petrificado al ver que otro líder comunitario también fue asesinado hace unas pocas horas.

La persecución de los líderes que luchan para defender las tierras de los campesinos se acentúa. Una gran marcha campesina, apoyada por la fundación, está programada para el fin de semana.

Mientras leo, las palabras de la abuela me revientan la cabeza.

Apenas termines de leer esta nota, quémala y vete de inmediato para la casa de las cabras. ¿La recuerdas? Allí, debajo de la alfombra, encontrarás un tesoro que te dejé de regalo. No hables con nadie. Espérame ahí pase lo que pase, en el mayor silencio posible.

¿La casa de las cabras? Tengo que irme de inmediato para la casa de las cabras, pero ¿dónde queda? No hay cabras en este pueblo. No he visto cabras en ninguna finca. ¡Ay, abuela, no entiendo lo que me quieres decir!

VI

Mientras camino, voy mirando de lado a lado. Doy vueltas al acertijo de la abuela, tratando de descifrarlo. De repente mi mirada se detiene en lo alto de la colina. A lo lejos aparece así, sin previo aviso, ¡la casa de las cabras!

¡Mi mamá creció en esa casa donde había cabras! Un día la abuela, Mambrú y yo subimos hasta allí pero no quise entrar; pensé que por ser una casa abandonada habría arañas, ratas y otros bichos que con seguridad me atacarían de sólo poner un pie dentro. Hasta Mambrú parecía asustado, pues ladraba sin parar, aunque la abuela intentaba tranquilizarlo.

El caso es que conozco el camino. No queda tan lejos pero hay que subir por una pendiente empedrada. No es posible ir en bicicleta. Me tomará por lo menos una hora llegar. Dejo la bicicleta encomendada en la casa del tendero y le pido que me preste una linterna diciéndole que me da un poco de miedo pedalear por el campo a oscuras, pues comienza a caer la noche.

Me siento furioso. ¿Cómo es eso de dejarme solo? ¡Tomo la decisión de no ir a esa casa de las cabras, abandonada, oscura, llena de bichos! ¿Quién se cree mi abuela? No acepto órdenes a distancia, órdenes sin ton ni son. Ya estoy harto de que todos organicen mi vida. No me dejan vivir en mi casa ni ir al colegio. Me quitaron el celular, la compu, y hasta el desayuno y el almuerzo. ¡Pues no me voy a esa casa de cabras y otras alimañas! Me voy a quedar en la finca, dormiré en mi cama, y voy a ver televisión con Mambrú a mis pies. Ya encontraré algo de comer sin tener que cocinar.

Cae la noche mientras tomo el camino a casa. Me arrepiento de haber dejado la bicicleta. Si la tuviera, ya habría llegado. Ni siquiera la compañía de Mambrú, que saluda a cuanto perro ladra en las fincas, logra darme ánimos. Me dan ganas de llorar pero me aguanto; si alguien me viera, se burlaría de mí. Ya no sé si tengo rabia, miedo, soledad, o todo junto.

Intento sacar coraje y decirme que todo está bien, que sólo es un mal rato y que mañana cada cosa estará en su lugar. Me digo que cuando la abuela regrese, aprenderé a cocinar —lo que más me aburre en el mundo— para llevarle el desayuno a la cama. Me prometo ser más amable con los vecinos y con los campesinos que asisten a las reuniones de la biblioteca. Me digo y me redigo mil cosas mientras camino con paso rápido hacia la finca.

De repente, oigo el rugido de un motor. Mambrú gruñe inquieto. El ruido y las luces de un carro se acercan lentamente; es una camioneta muy grande, moderna, con vidrios polarizados y todo. Me extraña ver que alguien transite por aquí a esta hora. El camino empedrado está fangoso, pues ha llovido mucho en estos días. Carros tan elegantes no suelen circular por estos lados.

Decido ocultarme tras unos matorrales para verificar quién pasa sin que me vean.

Como ya está oscuro me siento seguro. La camioneta pasa y veo adentro a tres hombres con poderosas linternas. Mambrú ladra sin cesar. Menos mal que hay tantos perros por aquí, así los ladridos de uno más no llaman tanto la atención.

El carro se detiene a pocos metros de donde estoy. El hombre que conduce tiene la ventanilla abajo y habla con voz muy fuerte. Alcanzo a oír que maldice…

—¿Dónde diablos estará esa vieja? Si ella no aparece, nos llevamos al muchacho. ¡Con los negocios del patrón no se juega! ¡Esa familia está causando muchos enredos últimamente! Vamos a acabar con ese problemita de una vez por todas.

¿"Esa vieja" es mi abuela? ¿"El muchacho" soy yo? Entonces, ¡ya se enteraron de que sí estoy en el pueblo! ¿Nosotros somos "un problemita" con el que hay que acabar? Menos mal que estoy bien escondido, con Mambrú a mi lado, y no me ven. Una vez que estén lejos tendré que andarme con cuidado, no puedo exponerme así nada más. ¡Quién sabe adónde me puedan llevar! Por lo visto son capaces hasta de matar.

Los mosquitos me tienen loco y Mambrú me pone nervioso con tanto ladrido. A lo lejos veo las luces de las casitas de la vereda. Frente a mí no veo nada. La oscuridad es total. Prender la linterna me parece un riesgo; no sé qué hacer, no sé adónde ir. Si tuviera mi celular mandaría mensajes o me comunicaría con la policía. No tengo nada, no soy nada. Mis papás, la abuela y todos los demás me dejaron solo. Ya no espero a nadie. Sólo estamos Mambrú y yo. Se me ocurre que pronto sólo quedará Mambrú.

VII

Llevo más de una hora escondido tras los arbustos, los bichos me desesperan y comienzo a sentir hambre, sin hablar del miedo. Mambrú está más tranquilo; no hemos vuelto a oír ruidos de carros ni hemos visto más luces por el camino. Decido salir de mi escondite. Decido también obedecer al pie de la letra a la abuela. Las palabras del hombre de la camioneta me dejaron con los pelos de punta; tengo que encontrar la manera de llegar a la casa de las cabras sin que nadie se dé cuenta, ni siquiera los vecinos. Tal vez uno de ellos sea un espía. No quiero correr riesgos inútiles.

Nunca me había enfrentado a tantas dificultades. La noche es oscura, pero prefiero no prender la linterna; hay charcos y el terreno es resbaloso. Pongo mi mano sobre el lomo de Mambrú para sentirme apoyado, aunque así tengo que caminar medio agachado

y me canso más. Ni aun así me desprendo de su calor y de su energía, que me reaniman un poco.

Por si fuera poco, comienza a llover. No es una lluvia cualquiera; se trata de una tempestad con rayos, truenos y relámpagos, que no sólo me producen miedo sino que me hacen más difícil el camino. La tierra se desliza y me obliga a retroceder en lugar de avanzar. Al terror de sentirme perseguido se agrega el susto de que me atrape una avalancha. Imagino que la montaña entera caerá sobre mí, enterrándome para siempre bajo el lodo.

El cambio de ruta inquieta a Mambrú. A veces se detiene, a veces gruñe, a veces ladra, a veces me arrastra. Le hablo en voz baja, como si no pasara nada, pero él no se deja tranquilizar. Dicen que los perros intuyen los sentimientos de los hombres, que pueden detectar el miedo. Mambrú debe estar sintiendo todo mi pánico. Me obligo a seguir escalando la loma pues no quiero quedarme toda la noche bajo el aguacero, con el peligro de que se venga la avalancha o de que un rayo nos parta a Mambrú y a mí. Recuerdo un árbol calcinado que un día me mostró la abuela.

Oigo un ruido diferente al de la tormenta. Pongo atención. Mambrú ladra con fuerza y no me deja escuchar bien. Le ruego que se calle y logro distraerlo por un momento; efectivamente, un ruido de motor brota de la oscuridad. Sigo loma arriba, pues aquí no me puedo detener. Camino con cuidado, amansando mi miedo y la inquietud de Mambrú.

Por un instante me siento como uno de los personajes de mis videojuegos: valiente, arriesgado, listo para enfrentar los peligros, ganando ítems a medida que desafía los obstáculos. Así quisiera ser, pero desafortunadamente, no soy un héroe virtual, sólo una persona débil, asustada, en medio de muchos peligros. ¿Dónde estarán los talismanes y las vidas? No aparecen cuando más los necesito. Tampoco la gente que me quiere.

La camioneta se acerca. Las luces exploradoras alumbran el camino. Me escondo una vez más entre los arbustos que me pinchan la cara y me rasgan el pantalón. Eso no me importa; tengo que contener a Mambrú, que quiere correr hacia el carro. Pongo mi mano alrededor de su hocico, con cariño pero con firmeza. Le hablo en voz muy baja, casi arrullándolo, a ver si se queda callado; Mambrú se calma de milagro.

La camioneta pasa de largo frente a mi escondite y se detiene más adelante. Creo que está atascada, pues desde mi puesto de observación noto que dos de los hombres se bajan a pesar del diluvio, se meten entre la maleza y van sacando piedras y palos que acomodan bajo las ruedas traseras. El tercer hombre debe estar dentro del auto; oigo que el motor ruge con insistencia. A pesar de mi terror, la escena me hace gracia. En el fondo de mí, me burlo de esos hombres tan grandes, tan rudos, asesinos sin duda, perdidos como yo, mojados como yo, sin saber qué hacer, como yo. Quizá hasta tienen tanta hambre como yo.

Estoy a suficiente distancia como para verlos sin que ellos me detecten. La lluvia se convierte en llovizna, Mambrú al fin se echa y yo armo una especie de refugio con los arbustos. Si tengo que pasar la noche entera aquí, es mejor protegerme un poco. La cara me arde mucho por culpa de los rasguños. Con gran cuidado voy eliminando espinas y ramas que me cortan; me limpio las heridas con saliva sin pensar que con mis manos tan embarradas, posiblemente me infectaré en lugar de curarme.

Pasan las horas. Asumo que los hombres se cansaron de pelear contra el mundo. Deben dormir dentro de la camioneta porque apagaron las luces.

Tengo que quedarme lo más quieto posible. A cada movimiento brusco Mambrú se sobresalta. No quiero que ladre ni que corra. Me duelen las piernas, los brazos, tengo un hambre atroz, siento grillos, mosquitos y otras bestias feroces atacándome por todos lados. Quiero mi casa, quiero a mi abuela, quiero a mis papás. ¿Dónde están? ¿Por qué estoy aquí? Ahora soy uno de esos desplazados, no tengo hogar. Yo, como ellos, huyo para salvar mi vida. Me siento solo y débil.

Papá, mamá, abuela, vengan por mí. No me dejen aquí.

VIII

Amanece. Ya no llueve. No sé si es mejor o peor. Mambrú despierta y quiere salir al camino. Los hombres comienzan de nuevo su tarea de desatascar el carro. Ya no prenden las exploradoras. Hay suficiente luz y supongo que prefieren ahorrar energía. Los pájaros trinan y revolotean; un rayo de sol se asoma en lo alto de la loma, allí donde está la casa de las cabras, adonde quiero llegar cuanto antes.

Con tanta claridad me da miedo que me vean y me adentro en la maleza. Piso un hormiguero y siento picaduras en las piernas. Casi grito de dolor, pero logro contenerme a tiempo. Como puedo, manoteo y me quito las hormigas de encima. Tomo barro del suelo y me froto las piernas, los brazos y la cara, creyendo que así quedo mejor protegido de los bichos que no dejan de atacarme. Todo lo hago en el mayor silencio posible. Mambrú parece adaptado a la situación y permanece a mi lado sin ladrar.

Mi estómago me indica que ya pasó la hora del desayuno. No sé cómo hace Mambrú para aguantar el hambre que también debe estar sintiendo. Mambrú es más fuerte, más firme que yo. Es todo un héroe. Pienso que debería condecorarlo o darle un premio una vez que volvamos a la normalidad, a la vida apacible de la finca de la abuela o a mi propia casa. ¡Qué pensamientos tan infantiles se me ocurren a ratos!

¡La casa de la abuela! ¡Cómo me hace falta en este momento! Tanto quejarme por la falta de internet y de celular y lo que más quisiera en este momento es que ella estuviera contándome alguna de sus historias de las fotos.

Como eco lejano, me vienen a la mente sus palabras mientras mirábamos las imágenes.

"Éste es tu abuelo José. Yo me fui a vivir con él cuando tenía diecisiete años. Alcanzamos a tener cuatro hijos, entre ellos a tu papá. Para ese entonces teníamos más tierras y bienes. Mientras yo me dedicaba a cuidar a la familia, él trabajaba en la finca, cultivaba y cuidaba los rebaños. Nos queríamos mucho y compartíamos un gusto enorme por la lectura. Él me leía los periódicos que comprábamos los domingos en el mercado y yo le leía capítulos de novelas que me mandaba una prima desde la ciudad. Cuando llegaban las cajas con libros, era toda una fiesta. No es que fueran muchos, pero con frecuencia había que instalar tablas adicionales en la pared para acomodarlos.

"Fueron las mejores épocas de mi vida, pero no duraron. Un día llegaron los trabajadores cargando a José con unas cobijas. Un tractor se había volcado con tan mala suerte que justo fue a aplastarlo a él. Duraron horas sacándolo. Para mi consuelo, la muerte fue instantánea. No tuvo que sufrir el dolor de las múltiples heridas que se le veían por el cuerpo. No me gusta recordarlo.

"En todo caso nunca conocí a nadie tan valiente como tu abuelo José. Ni tu papá es tan valeroso. Imagínate que una noche tormentosa se soltaron unos toros bravos del cercado. Cuando algo así ocurre, nadie quiere aventurarse entre la maleza por miedo a las culebras, a los rayos atraídos por los árboles, a los mismos toros asustados que pueden atropellarlo a uno. Sólo tu abuelo José salió con su perro, y de uno en uno fue encontrando, enlazando y encerrando a los animales perdidos."

Las historias de la abuela me parecen medio inventadas. Creo que ella convierte en héroes a las personas que quiere. Al recordar sus palabras, en lugar de sentirme mejor, pienso que por allí abundan los bichos rastreros y voladores.

"Si alguna vez te sale una culebra, sólo tienes que escupirle en el ojo izquierdo", era el consejo de la abuela cuando me veía salir con Mambrú a recorrer los campos. Me hacía gracia que me dijera algo así y fingía que le creía.

Por supuesto, sé que es un cuento para que los niños chiquitos no se asusten, pero hoy quisiera que sus fantasías fueran ciertas.

Comienzo a sentir que por todas partes hay serpientes. No me gustan nada las culebras, las arañas y las ratas.

Mi cabeza se llena de tonterías por culpa del hambre, el cansancio y el miedo que tengo. No me puedo dejar vencer. Tengo que ser como el abuelo José. Tengo que salvarme y salvar a Mambrú, que se está portando tan bien. A él no le importan las picaduras de los bichos; a lo mejor a él no lo atacan. ¿Les gustará sólo la sangre humana? Por momentos me gustaría ser perro para que todo fuera más fácil. Todo el mundo quiere a los perros. En cambio, a algunos humanos nos quieren matar otros humanos para quedarse con nuestras cosas. ¡Qué injusticia!

En medio de mis oscuros y desordenados pensamientos, que casi se vuelven alucinaciones, veo que la camioneta por fin arranca. Me encojo detrás de este improvisado escondite mientras pasa camino abajo. No consigo contener a Mambrú, que sale en su persecución, ladrando con furia. Los hombres que van dentro deben saber que muchos perros hacen lo mismo. No le ponen atención a Mambrú y pasan de largo frente a mí. Respiro. Respiro. El mundo comienza a dar vueltas. Ya no sé si respiro. Ya no sé nada.

La abuela no me va a encontrar en este lugar. Estoy perdido para siempre. ¡Qué importa! Un niño más perdido en este mundo ni siquiera será noticia en los periódicos. Adiós, abuela, seguro me vas a extrañar.

IX

Tiemblo. No debería temblar. Estoy en tierra caliente. Tiemblo. Despierto con los lamidos de Mambrú en mi cara. La ropa mojada y embarrada se pega a mi cuerpo. Me cuesta recordar dónde estoy, cómo llegué aquí. Mambrú insiste en mantenerme despierto. Me da pequeños mordiscos en las piernas, me lame la cara, se queja. Hago un gran esfuerzo por ponerme de pie. Me duele todo.

Recuerdo lo sucedido y entro en pánico. No puedo quedarme en este lugar. Las picaduras de los bichos ya han dejado huellas en casi todo mi cuerpo. Pienso que si los hombres regresan, me buscarán hasta encontrarme y ése será el fin. Con grandes esfuerzos doy unos pasos. Caigo, me levanto, Mambrú me anima. Paso a paso, salgo al camino fangoso. Veo a lo lejos la casita que me indicó la abuela, la de las cabras, y me prometo a mí mismo que pondré todo de mi parte para llegar.

Hora tras hora voy avanzando. Faltan ya pocos metros para alcanzar una puerta que se ve medio podrida. Me detengo. ¿Qué encontraré allí dentro? ¿Cuántos animales habrán hecho sus guaridas en los años que lleva deshabitada la casa? ¿Seré capaz de enfrentar los nidos de culebras, de ratas, de arañas, de murciélagos y de cuanta alimaña me tope al entrar? Pienso de nuevo en mi abuelo José, el valiente. Pienso en mi abuela, tan fuerte. Pienso sobre todo en mis papás, que no podrían soportar si supieran que me dejé matar por unos bandoleros. Eso sería como darles una victoria más.

Me acerco a la casa con cautela, empujo los trozos de madera que hacen de puerta, prendo la linterna, empujo a Mambrú para que entre primero y lo sigo.

Si no fuera por la linterna, la oscuridad sería total a pesar de que aún es de día. El olor es insoportable, las tablas se rompen a cada paso. Trato de recordar las instrucciones de la abuela. En su confusa carta, llena de mensajes secretos, menciona un tesoro debajo de una alfombra. No veo alfombras, sólo basura. Doy pasos dudosos, intentando no tropezar con nada. Como si el destino quisiera llevarme la contraria, piso algo resbaloso y caigo. No sé qué me produce más horror, si el dolor que siento en la pierna o el olor de lo que está debajo de mí. No me puedo mover. La pierna herida me hace ver estrellas. Además me da asco lo que hay en el piso, por lo que prefiero quedarme quieto. Mambrú se echa a mi lado. A él no le importa este olor asqueroso, tal vez hasta lo disfruta.

Estoy tan débil que creo que por momentos me quedo dormido. Ya no sé si es de día o de noche. Olvido el hambre. Mi pierna deja de dolerme de tanto que me duele. No sé cómo explicarlo pero así es. Estoy confundido. Todo me confunde; incluso este pedazo de tela que Mambrú se empeña en sacar de debajo de mí.

—¡Quieto, Mambrú! —le digo a mi perro.

Mambrú no me obedece, sólo juega con la tela, haciéndome tambalear.

Pongo la linterna frente a sus ojos a ver si me pone atención.

—¡La alfombra de la abuela! —grito al ver el pedazo de tela con el que juega Mambrú; alguna vez debió ser una verdadera alfombra.

Recuerdo la carta de la abuela: "Allí, debajo de la alfombra, encontrarás un tesoro". ¡Un tesoro, un regalo! No puedo creer que lo hubiera olvidado. Haciendo grandes esfuerzos me muevo para dejar libre el pedazo de tela. Mambrú se encarga de quitarlo de en medio. Allí, debajo de la alfombra, veo una puerta muy disimulada. Si mis ojos no estuvieran tan cerca del suelo, ni siquiera con la linterna la hubiera notado.

Para mi sorpresa, la puerta corre fácilmente. Abro, alumbro con la linterna y veo una corta escalera de tres peldaños. Una vez más saco fuerzas de donde no tengo y me deslizo dentro de ese hueco donde mi abuela me promete que encontraré un tesoro. Si no

fuera por sus palabras, por nada del mundo me internaría en semejante agujero lleno de quién sabe cuántos monstruos con ganas de devorarme. Mambrú me sigue, ladrando con entusiasmo.

Mando a la abuela un gran beso imaginario. A un costado de esta pequeñísima habitación, veo una rústica estantería fabricada con tablas y ladrillos. Hay botellas de agua, alimentos enlatados, un botiquín de primeros auxilios, una linterna, pilas y algo que me sobresalta: una escopeta.

La abuela tiene un arma parecida en la finca.

—En el campo es indispensable aprender a disparar; por seguridad —me dijo un día. Una tarde me enseñó a disparar diciendo que ojalá jamás tuviera que hacerlo contra ningún ser vivo, sólo contra las botellas que instaló sobre un tronco carcomido.

Todo se ve sucio, empolvado. ¡Quién sabe cuánto lleva este botín aquí escondido! Con cierto temor, bebo agua. Por lo pronto prefiero no abrir los enlatados. No sé si están vencidos. Además, detesto las sardinas y eso es lo que encuentro. Mambrú olfatea de un lado a otro. Le abro una lata de comida y le sirvo agua en un plato que encuentro entre los alimentos.

Justo en ese momento me dan ganas de orinar e intento subir de nuevo. Mi pierna se niega a moverse más allá del primer escalón. A lo mejor la tengo fracturada. Con el esfuerzo, involuntariamente me orino en los pantalones. De nuevo, y a pesar de haber repuesto un poco de energía y confianza gracias al tesoro de la abuela, siento que el mundo se me viene encima y pierdo las ganas de todo.

Abuela, si no me recoges pronto, apenas encontrarás un recuerdo de lo que fue tu nieto. No resisto ni una prueba más. Por favor no te demores. Me voy a morir.

X

El encierro me va a enloquecer. Me falta el aire. Con gran esfuerzo atranco la puerta y quedo escondido en este pequeño espacio
con Mambrú. Él se sobresalta al menor ruido y ladra. Yo me
muero de miedo pensando que hay una rata o una culebra que
me quiere atacar. Oigo el croar de una rana, ¿o será un sapo?
Siento que se esconde entre mis pies. Alumbro y no veo nada.
Hago lo posible por mantener la linterna apagada. Prefiero ahorrar, pues no sé durante cuánto tiempo estaré en esta madriguera.
Cada segundo se me hace eterno.

En el botiquín encuentro pastillas analgésicas y me tomo dos.
Eso me alivia el dolor de la pierna golpeada.

Miro el reloj sin cesar. He pasado todo el día aquí atrapado y
quiero salir, pero no me atrevo. Mi cuerpo está entumecido, me
duele la pierna, Mambrú pide comida. Otra vez tengo ganas de ir

al baño. ¿Tendré que resignarme a hacerme en los pantalones? No hay cómo caminar en este espacio. Mambrú gruñe y quiere alcanzar la puerta corrediza. Quisiera abrirle, dejarlo en libertad. Sé que no irá a ninguna parte sin mí. Es un amigo leal. Me quiere más que a nadie. Mambrú no se orina en los pantalones como yo, sino en un rincón de este agujero que ya huele a los mil diablos.

Duermo y despierto. Ya no prendo la luz en ningún momento. No pruebo bocado, sólo tomo sorbos de agua que me producen náuseas. Creo que he pasado una noche, un día, otra noche y casi otro día sumergido en este agujero negro. Perdí la noción del tiempo; sólo sé que Mambrú no se mueve de mi lado. Jamás había tenido un amigo que me cuidara tanto.

Me digo que tengo que salir de aquí. Quiero saber si los hombres de la camioneta ya desaparecieron. Por una rendija que descubro entre las tablas, veo el mundo exterior. La vista da al camino y haciendo un esfuerzo alcanzo a distinguir nuestra casita. ¿Quién la estará cuidando? Me mantengo vigilante por si la abuela llega a rescatarme.

Todo me duele mucho, en especial la pierna. El miedo y la duda me atormentan. No siento hambre a pesar de no haber comido en dos o tres días, ya no sé ni cuántos. ¿Saldré de ésta o no saldré?

Mambrú se levanta de repente. Comienza a ladrar. ¿Qué pasa, Mambrú? ¡Cállate!, ¿por qué ladras? ¡Noooooooooooo! ¡Otra vez el ruido de un motor! ¡Se hace cada vez más fuerte! Mambrú ladra como loco. Intento calmarlo para oír mejor. No hay manera de callarlo. Me asomo por la rendija y con horror veo que la camioneta con vidrios polarizados pasa por el camino. Me tapo la cara del susto. Por el contrario, Mambrú se inquieta cada vez más. ¡Cállate, Mambrú! Cállate, que nos van a descubrir.

Los hombres se bajan del carro y lo dejan estacionado a un costado del camino, pues la pendiente que conduce hasta la casa está intransitable para un vehículo. Así que deben caminar. ¡Ay, no! Toman el sendero que desemboca aquí mismo. Mambrú, cállate, te van a oír.

Uno de ellos cae, los otros voltean, lo miran, se burlan y no se detienen a ayudarlo.

¡Uf! Menos mal, se van hacia el otro lado. Tal vez creen que no vale la pena meterse en esta casa tan destruida. ¿A quién se le ocurriría esconderse aquí? Hago toda clase de suposiciones a ver si me tranquilizo. Mambrú, cansado, se calma por un momento. Sólo por un momento, pues ya vuelve a alterarse. Claro, tiene toda la razón. Aquí vienen de nuevo. Aún están muy lejos, caminan despacio, como buscando algo que se les perdió, pero en esta dirección. Ya, Mambrú, cállate que nos van a descubrir. Por lo que más quieras, Mambrú; se están acercando. ¡Mambrú, cállate, te digo! ¡Cállate! ¿Viste? Creo que uno de ellos ya te oyó. Mira hacia acá con curiosidad.

No sé cómo callar a Mambrú. Sus ladridos resuenan. Mi amigo, mi mejor amigo, me va a delatar. ¡Cállate, Mambrú! ¡Cállate ya!

Se alejan. Por lo pronto no han oído a Mambrú, de lo contrario habrían seguido hasta aquí. Si Mambrú no deja de ladrar, tal vez lo escuchen. No, están lejos, cada vez más lejos. No alcanzan a oír nada. Quiero que dejes de ladrar, Mambrú. ¡Te van a oír!

Los hombres se ven pequeños, casi desaparecen de mi vista. En mis oídos retumban los ladridos de Mambrú. Es como si quisiera avisarles dónde estamos. No entiendo a Mambrú. Debería callarse, debería cuidarme. En lugar de eso me va a delatar, me van a matar por culpa de Mambrú. ¡Te voy a matar, Mambrú, te voy a matar si sigues ladrando! Mira, aquí tengo la escopeta, no creas que son cuentos. Te voy a matar si sigues ladrando. ¡Cállate, Mambrú! Mira que no son mentiras. ¡Cállate, Mambrú, no me obligues a disparar! Ahí van. Se alejan un poco más, pero si sigues ladrando, volverán... ¡Ay, no! ¡Uno de ellos está volteando hacia acá!

¿Te habrán oído? ¡A lo mejor vienen para acá! ¡Cállate, Mambrú! Te voy a matar, Mambrú, te voy a matar...

¿Mambrú?

¡Mambrú!

¡Mambrú! ¡Mambrú!, ¿te disparé?... ¡No quise hacerlo, Mambrú! ¡Levántate, Mambrú! No te hagas el muerto. El que se va a

morir soy yo. Mambrú, me estás mojando… Ya es suficiente con tus ladridos. ¿Ladridos? ¿Por qué no ladras, Mambrú? ¡Ladra, Mambrú, ladra! Esto no huele a orina, ¡es sangre! ¿Mambrú? ¡Deja de sangrar! Te maté, Mambrú. Ay, no, no. No te quería matar, Mambrú, te lo juro. No te mueras, Mambrú. Tú eres mi único amigo. ¡No te mueras, Mambrú!

No quise hacerlo, te juro que no quise hacerlo. La escopeta se disparó sola, yo no le ordené a mi dedo que se moviera. Mambrú, Mambrú, yo no te disparé, yo no te maté. Mambrú, levanta la cabeza, sigue ladrando, no me importa que nos encuentren. Pueden matarme si tú sigues vivo. Mambrú, no sangres más, ¡ladra!, Mambrú, no te mueras, Mambrú. ¡No te mueras!

XI

No sé cuánto tiempo llevo aquí. No me importa. No como, no bebo, no prendo la linterna, no miro el reloj. Ni siquiera me asomo por la rendija. Si los hombres me encuentran, tanto mejor. Así terminan más rápido conmigo.

Creo que casi todo el tiempo estoy dormido. De cuando en cuando intento contar los días que llevo encerrado en esta madriguera. Creo que han pasado tres días con Mambrú y un día más con mi perro muerto a mis pies. Veo sombras que vienen y van; oigo animales que se deslizan, vuelan y atraviesan paredes. Siento mi ropa húmeda. ¿Cómo fui capaz de disparar? Los hombres estaban demasiado lejos, no podían oír a Mambrú. Ni siquiera oyeron el ruido de la escopeta. ¿Cómo fui capaz? ¿Me estará viendo Mambrú desde algún lado? ¿Tendrán alma los perros? ¿Qué pensará de mí? ¿Me perdonará? Yo no podré perdonarme jamás.

¡Nunca, nunca! Nunca olvidaré lo que hice. Quiero abrir los ojos, no quiero dormirme, me da miedo morir mientras duermo. Me falta el aire. Busco la rendija, quiero un poco de luz, necesito un poco de aire. ¿Cuánto tiempo llevo aquí? Quiero salir. No logro moverme. Estoy acorralado.

Escucho voces. ¿Otra vez se acercan los hombres? No les basta con lo que hicieron. Mataron a Mambrú. ¡Desaparezcan! No vengan por aquí. ¿Por qué ahora son cuatro y no tres? Apenas veo sus sombras por entre la rendija. Ya oscurece; quizás eso me ayude. No querrán entrar a este agujero inmundo de noche. ¡No vengan! El miedo me pone a temblar. Están tan cerca que puedo oír sus pasos. ¡Mambrú, levántate, ladra, asústalos, haz que se vayan!

Un paso, dos pasos, muchos pasos. Entre dormido y despierto siento que hay alguien en el piso de arriba, sobre mi pequeña habitación. Confío en que la oscuridad impida que los visitantes vean la puerta corrediza.

Pasos. ¿Cuánta gente hay? ¿Son personas o animales? En todo caso son alimañas: ratas, zorros o matones, da lo mismo. Todos son enemigos. Siguen las voces. ¿Qué dicen? Hablan en susurros. No entiendo nada.

Mambrú, ¿los oyes? ¿Qué dicen? ¿A quién buscan?

Pasos y voces.

Oigo que alguien menciona mi nombre.

Son sólo murmullos.

Hablen más fuerte, insulten, griten. Quiero saber quiénes son, qué buscan, para qué me quieren.

La oscuridad.

El silencio de nuevo.

Las voces y los pasos se detienen.

¿Dónde están? ¿Dónde estoy?

Pasa el tiempo. Todo se paraliza. ¿Se convirtieron en estatuas?

Ruidos de nuevo. Esta vez de afuera.

¡El motor! Oigo un rugido. Creo que ya lo había escuchado antes. ¿Fue hoy, fue ayer, fue hace una semana? ¿Regresan los asesinos? ¿Vienen de nuevo por mí? ¿Buscan a la abuela? ¿Andan tras alguien más?

Pregunto, pregunto. Como siempre, no hay respuestas.

El motor se detiene, asomo un ojo por mi rendija. Veo una enorme nube de humo negro a lo lejos. ¿Sale fuego de la casa de la abuela? ¿Estoy loco? ¿Sueño? ¿Es posible que mi casa, la casa de la abuela y de Mambrú se esté incendiando?

¡Una explosión! A lo lejos resuena una gran explosión.

Me asomo de nuevo.

El humo se hace más denso. No entiendo nada. Hago mi mejor esfuerzo por estar alerta.

Nadie se mueve. No escucho ruidos, ni adentro ni afuera.

Ya se habrán bajado del carro los hombres. ¿Llegarán hasta aquí? ¿Tomarán otra ruta como hicieron la primera vez? ¿Para qué volverán sobre sus pasos? Seguro que esta vez sí entrarán a buscarme.

Las preguntas sin respuestas me siguen atormentando. Si Mambrú estuviera despierto podría abrazarlo, me daría ánimos. No, Mambrú ladraría y me descubrirían. Mejor que Mambrú esté ahí tirado, mudo. ¡No! ¡Cómo se me ocurre pensar eso!

¡Mambrú, mi Mambrú! No quiero que estés muerto. Despierta y acompáñame. No te volveré a disparar, te lo juro.

¡El motor otra vez! ¡Se aleja! ¡Se van los hombres! No subieron por la pendiente a buscarme. ¿O sí? Tal vez se fue uno en busca de refuerzos y los otros dos van a subir a matarme. ¿Siguen sobre mí las otras personas? Ya no las oigo. De nuevo mojo los pantalones. ¿Será de miedo? Papá, mamá, abuela, Mambrú, ya no puedo más. Nunca, jamás volveré a salir de aquí. Nadie me encontrará. Ahora les toca a ustedes llorar por mí.

XII

—Abre la boca… Que abras la boca, te ruego.

Abro la boca. La voz que oigo es tan insistente que obedezco sin pensar.

—Traga. ¡Buen muchacho!… Traga, haz un esfuerzo por favor.

Trago lo que alguien pone en mi boca. Es líquido, es tibio, es agradable.

Abro de nuevo la boca, trago sin que me lo pidan.

Así, lentamente, mientras abro la boca, trago y escucho una voz suave, voy tomando conciencia de lo que me rodea.

Abro la boca y abro los ojos.

Frente a mí hay una mujer joven, delgada, con un vestido de flores muy bien planchado.

—Buen muchacho. Te tomaste toda la sopa. Vas a ver lo fuerte que te vas a poner.

Una puerta se abre. Entra alguien. Es la abuela.

—¡Emiliano! ¡Despertaste! Dormiste durante catorce horas seguidas. Ya comenzaba a preocuparme... Estabas deshidratado, lleno de rasguños y picaduras. Tu pierna está muy maltratada. Te van a tomar una radiografía. Por lo pronto está limpia, desinfectada y vendada. Necesitas mucho descanso, pero ya es hora de despertar, ¿no crees?

¿Dónde estoy? Ésta no es la casa de la abuela. ¿Quién es esta persona que me alimenta? ¿Por qué no estoy en el agujero inmundo con Mambrú? ¿Quién me trajo hasta aquí? ¿Cuándo? ¿Cómo?

Me da mucha vergüenza recordar mi pantalón sucio. Las preguntas se atropellan en mi cabeza. Siento ganas de vomitar al recordar a Mambrú. ¡Mi abuela! Si mi abuela está aquí, supongo que estoy a salvo, que no me dejó morir.

Entre las palabras de la abuela y el ambiente sereno, recobro la conciencia. Me parece increíble estar en un lugar limpio. Yo mismo me siento limpio, como recién bañado. ¿A qué hora me habrán quitado toda la porquería que tenía pegada en el cuerpo y en la ropa?

Pienso en Mambrú y su sangre pegada a mi cuerpo. Lloro, abrazo a la abuela y sigo llorando. No recuerdo haber llorado tanto en mi vida, ni cuando me partí el brazo ni cuando me dejaron solo en el colegio por primera vez. Lloro tanto que me duelen los ojos y la nariz. No me importa que me vean.

Trato de no sollozar, pido que me dejen ir al baño. Me levanto… me caigo. La pierna me duele tremendamente. Estoy tan débil que entre la joven de la sopa y la abuela me tienen que ayudar a caminar. Me quedo un buen rato en el sanitario. Quiero estar solo, poner en orden mi cabeza, sin saludos ni besos ni abrazos.

Estoy vivo. No sé cómo ni por qué, pero estoy vivo. Mi último recuerdo, antes de este despertar, es el de unas personas que en silencio abrieron la puerta corrediza de mi escondite, donde Mambrú se descomponía y yo me desmayaba por falta de aire. No pude gritar, no tenía fuerza. Era tanto el terror de lo que me harían que quedé paralizado. Lo que pasó después se borró de mi memoria.

Regreso a la cama. Pido explicaciones. La abuela evade mis preguntas. ¿Dónde está Mambrú? ¿Alguien lo enterró? ¿Se quedó para siempre en aquel sótano infernal? Necesito respuestas a mil preguntas.

Pasan dos días y dos noches de sopas, masajes, palabras tranquilizadoras de la abuela que para nada me tranquilizan. Lo que necesito es poner en orden mis ideas, y para eso tienen que contarme, tienen que decirme lo que pasó.

Poco a poco me voy enterando de los hechos. Entre frases y silencios, la abuela al fin decide que es hora de que yo sepa.

—La verdad es que tanto tus padres como yo fuimos ingenuos e irresponsables creyéndonos inmunes. Nos negamos a ver la realidad y eso casi nos cuesta la vida, incluyendo la tuya. ¿Recuerdas el simulacro de atraco que les hicieron en la ciudad, poco antes de que te sacaran del colegio y te trajeran a la finca? No fue un atraco, fue un allanamiento hecho por gente que quería intimidar a tus padres por su trabajo en favor de los campesinos.

No entiendo bien qué quiere decir "allanamiento", pero la vida en familia me parece lejana y quiero saber lo de ahora.

—Tu papá y tu mamá entendieron que no podían seguir exponiéndose y tuvieron que esconderse. Planearon viajar en bus al sur del país, esperando noticias más alentadoras. Por eso te hicieron sacar del colegio y mandarte a mi casa. Cuanta menos información tuvieras, más seguro estarías, creíamos en ese momento.

"Cuando acepté tenerte en la finca, me comprometí a no comunicarme con nadie a no ser que pasara algo grave —sigue contando la abuela—. Pero tuve que hacer llamadas el día del asesinato de Raúl Medina. Tú mismo me mostraste la noticia en el periódico, ¿te acuerdas? Yo sabía que Raúl trabajaba en la fundación. Consideré que ese asesinato merecía una llamada de alerta a tus padres, pues podían estar tras ellos también. Mi sorpresa fue enorme cuando tu mamá me dijo que ellos estaban bien pero que corría el rumor de que alguien venía tras de mí y de ti. Ya habían averiguado que te escondías en mi finca. Nuestras llamadas se cruzaron, pues ella quería avisarme del nuevo peligro. Tu mamá hablaba a la carrera, con tanta prisa que casi no entendí las instrucciones: 'Vayan a la casa de la loma, a la mía. Hay un sótano. Ahí nadie los encontrará'."

Las palabras de la abuela me devuelven al pueblo, cuando aún no había pasado nada, cuando todavía Mambrú era mi amigo del alma. Las imágenes se atropellan en mi mente. Veo a Mambrú ladrando, me veo a mí callándolo. Vomito y lloro. No quiero que me cuenten más. ¡Ya para qué! Le disparé a Mambrú y eso no tiene remedio. Aún no sé dónde estoy y no me importa que me cuenten.

Quiero a Mambrú. Odio al mundo. Así no quiero vivir.

La abuela pasa toda la mañana conmigo. No quiero verla ni oírla. Sin embargo, ella se empeña en contarme las historias de la familia aunque no hay álbum para mostrarme las fotos.

—Tu tía —dice—, la hermana de tu papá, mi única hija, parecía una guerrera cuando salía por los caminos montando a caballo. Parecía nada más. De guerrera no tenía ni un pelo. Era una de las personas más pacíficas que se han dado sobre la tierra. Con decirte que ni siquiera mataba insectos por puro pesar.

Esos cuentos poco me interesaban antes. Ahora ni siquiera me tocan. Aún no recupero el sentido completo del rompecabezas. El recuerdo de Mambrú se me atraviesa y en lugar de preguntar, oír, organizar mi mente, sólo puedo llorar y llorar. Parezco un niño de dos años.

La abuela decide que llegó el momento de enterarme de todo lo que pasó para poder superarlo. Así que se sienta junto a mí, me toma de la mano y narra:

—El día de las llamadas, alguien me contó que unos hombres andaban por el pueblo averiguando sobre nosotros dos. No te conté para no asustarte, pero sabía que tenía que protegerte. Decidí salir del pueblo para que me persiguieran a mí y distraerlos. De todas maneras, por si no lograba que se olvidaran de ti, te dejé la nota... Por eso te dejé solo. ¡Perdóname!

—¿Por qué había agua, alimentos y hasta una escopeta en ese sótano? —hago mi primera pregunta. La abuela se anima al ver que al fin comienzo a interesarme.

—Ya sabes que éstos son tiempos peligrosos y desde hace tiempo tu mamá había acondicionado ese lugar, como si hubiera intuido algún peligro. Yo no había subido en meses, desde que ella vino en enero y arregló el lugar. No quiso limpiar nada más para no despertar sospechas. Dijo que era mejor que se viera abandonado. Al fin entiendo sus propósitos. Los alimentos, el agua, la escopeta cargada y todo lo que encontraste te ayudaron a sobrevivir con tu perro.

¡Mi perro! ¿Por qué no le puede decir Mambrú? No era un perro cualquiera, sin nombre. Fue mi mejor amigo, mi mejor compañero. ¡Todo para qué! Para que yo lo matara. Lloro y siento arcadas.

—Cálmate, Emiliano, cálmate. Déjame terminar de contarte. Necesitas saber, necesitas ordenar.

77

La voz pausada de la abuela me ayuda a olvidar esta horrible y permanente sensación de náusea.

"Cambié de carro varias veces, haciendo algo de ruido, tratando de que aquellos hombres me vieran y me siguieran. Sabía que a la luz del día y en medio del gentío no se atreverían a nada. En el fondo, por más matones que parezcan, son unos cobardes; sólo actúan a escondidas, entre tinieblas. Para el último trecho, el viejo Velandia, el dueño de la panadería, me prestó su jeep e insistió en acompañarme.

—¿Por qué demoraste tanto en buscarme? Casi me dejas morir, abuela —dejé escapar mi rabia finalmente—. Si te hubieras apresurado, Mambrú estaría aquí conmigo... —no pude terminar porque el llanto y el vómito no me dejaron.

—Después de tres días de andar de aquí para allá, me enteré de que los hombres me habían perdido la pista, de que ya no me estaban persiguiendo, y me asusté mucho. Si no estaban tras de mí, con seguridad estarían buscándote a ti. Sin perder ni un minuto más, le pedí a Velandia, la única persona de todo el pueblo en quien confío, porque era el mejor amigo de tu abuelo, que una vez más me acompañara en su jeep. Aceptó con la condición de que fuéramos con sus dos hijos. Así, subimos los cuatro hasta cerca de la casita por un camino que pocos conocen. Como somos de la región, nos sabemos todos los recovecos.

—¿Cuatro? Ustedes eran las cuatro sombras que yo sentía sobre mi cabeza… —me digo a mí mismo, sin interrumpirla.

—Ya estábamos dentro de la casa, próximos a sacarte, cuando oímos el motor de una camioneta —continúa la abuela—. Quedamos paralizados, rogando que no se acercaran. No lo hicieron. Se fueron al poco rato. De cualquier manera nos quedamos quietos durante mucho tiempo. Al fin entramos y te encontramos desmayado. Casi me muero de la angustia. Vimos a Mambrú tirado, lleno de sangre. No sabíamos cómo estabas tú. Rápidamente te alzamos, te sacamos y te llevamos hasta el carro que estaba del otro lado de la loma. Por allí bajamos hasta aquí, a esta casa de buenos amigos, donde no nos podrán encontrar por lo pronto. Eso sí, me quedé sin casa. Ellos la quemaron. Lo que más me duele es haber perdido el álbum de fotos. La familia perdió su historia. En fin, aquí estamos por ahora, sanos y salvos, y eso es lo único que importa.

¡Aquí estamos por ahora! ¿Qué quiere decir la abuela? ¿No volveré al colegio? La abuela ya no tiene casa. Entonces ésa fue la gran nube de humo negro que vi desde mi rendija. ¿Viviremos ella y yo de ahora en adelante como desplazados? ¿Dónde? ¿Hasta cuándo? No entiendo nada. Cada vez me siento más confundido.

XIII

Un morral, un celular, unos audífonos, son mi nuevo equipaje.

Una maleta, una cartera llena de pastillas, pañuelos de papel y documentos por montones, es el equipaje de la abuela.

Estamos en el aeropuerto internacional, próximos a tomar el avión que nos llevará al país donde mis papás nos esperan.

Mi pierna está mejor pero aún se encarga de que no olvide ni por un minuto los últimos días con Mambrú. Cuando la pierna sane del todo, tampoco olvidaré.

Faltan más de dos horas para embarcar. La abuela me ofrece de todo, que si refrescos, helados, pizzas, lo que yo quiera. No entiende que las lágrimas me cierran la garganta cada vez que quiero tragar.

En lugar de comida, le pido que por favor me dé dinero para algo que veo:

—Abuela, ¡no puedo creerlo! ¡Un computador con conexión! Podré hacer mil cosas, ver noticias de mis amigos, saber qué pasa en el mundo, entrar a las páginas de juegos. ¡No puedo creerlo! Por favor, déjame conectarme unos minutos, te lo ruego.

Por supuesto, no tengo que rogar mucho. La abuela se emociona al ver que por fin algo me alegra, me saca de mí mismo y de ese dolor que no se me borra. Me da dinero y se sienta cerca para esperar a que yo me conecte por primera vez en semanas.

A modo de prueba, abro el blog donde publiqué las fotos del álbum de la abuela. Allí están. Distintas personas han hecho comentarios. Eso me divierte. De repente caigo en la cuenta de que ahora soy el único que puede mostrar la historia de la familia.

—¡Abuela, abuela! —grito.

—¿Qué te pasa? ¿Quieres vomitar otra vez? Espera, que ya te ayudo —se acerca presurosa la abuela.

—Mira el regalo que te tengo.

Le llega el turno a la abuela de llorar. Paso imagen tras imagen en la pantalla.

—Mi álbum, mi historia, tu historia. Emiliano, no sabes la alegría que me das. Eres el mejor nieto del mundo. Ya la memoria de la familia no se perderá.

Por un momento me siento feliz. Sin embargo, dentro de mí, sigo llorando como un niño. Me digo que ahora me siento parte de una historia, de un país, para bien o para mal.

Me prometo a mí mismo que el álbum de la abuela seguirá creciendo con fotos y entrevistas de la gente del pueblo cuando podamos volver allí. Ayudaré también a pasar los artículos y denuncias que escriban mis papás para las publicaciones internacionales desde el país donde nos esperan.

¿Cómo será? ¿Dónde viviré a partir de ahora? ¿Con qué nuevas personas me encontraré? ¿Cómo será mi nuevo colegio? ¿Haré amigos? ¿Mis amigos de aquí me recordarán? No sé para quién va a ser más difícil la nueva vida, si para la abuela o para mí... o para mis papás. ¿Nos llamarán refugiados, desplazados o algo por el estilo? ¿Nos veremos como gente normal, común y corriente? Al menos vamos a un país donde se habla nuestro idioma. Así no tendré que preocuparme por aprender chino o japonés... o noruego o finlandés...

Basta de preocuparme por lo que viene. Por lo pronto no quiero saber. Cada cosa en su debido momento.

Entre las promesas que me hago, la más importante es que seguiré queriendo a Mambrú, de quien no me quedó ni una foto. Fue una víctima de esta violencia que no termina y que espero ayudar a detener algún día. No sé si será posible, pero por lo menos lo intentaré de la misma manera que lo han hecho papá, mamá y la abuela, cada uno a su modo.

Adiós, Mambrú. Te tocó perder esta guerra. Espero que no sea en vano. Siempre te voy a querer.

Mambrú perdió la guerra, de Irene Vasco,
número 212 de la colección A la Orilla del Viento,
se terminó de imprimir y encuadernar en abril de 2013
en Impresora y Encuadernadora Progreso, S. A. de C. V. (IEPSA),
calzada San Lorenzo, 244; Paraje San Juan, C. P. 09830, México, D. F.

El tiraje fue de 3 400 ejemplares.